Essais Poétiques.

Imprim. de J.-R. MEVREL, pass. du Caire, 54.

ESSAIS POÉTIQUES

PAR

LAURENT D'ELBEUF.

Paris.

Chez les Marchands de Nouveautés.

—

1837.

Dans ces temps si féconds en débats politiques ,
Irai-je consacrer mes essais poétiques
A ces luttes sans fin où s'usent les partis ?
Irai-je me poser en face du pays

Défenseur du pouvoir ou vengeur de la France?

Non, ma main est trop faible à tenir la balance,

Et mon cœur n'est point fait à ces rudes combats

Où souvent l'on poursuit ce qu'on ne comprend pas

Je laisse au temps le soin de dérouler sa chaîne

Sans y joindre un anneau que forgerait la haine.

Hélas! assez de maux ont traversé mes ans

Sans que j'aille affronter des destins plus cuisans;

Une assez large part reste à la poésie

Sans que j'aille éveiller les démons de l'envie.

Et puis qui ne sait pas qu'en ce gouffre béant

Où gît la politique, on est entièrement

L'esclave d'un parti. Jamais dans la tempête

On ne trouve un abri pour reposer sa tête.

La publique faveur variable en ses vœux,

Aujourd'hui vous caresse et demain à ses yeux

Vous n'êtes qu'un transfuge, un félon, un infâme;

Constamment le soupçon vient ulcérer votre âme.

Ah! combien est poignante, à qui sent sa ferveur,

La honte d'essuyer un doute accusateur.

J'aime la liberté, je l'aime pure et grande;

J'aimerais sur son trône à poser mon offrande,

Si jamais mon pays par l'ouragan battu,

Crise où le citoyen doit montrer sa vertu ,
Réclamait de mon bras la légère assistance ,
Je saurais me montrer digne fils de la France :
Màis dans ces jours de calme où le progrès actif
Sur le fleuve du temps promène son esquif,
J'espère ,... sans chercher à devancer l'aurore
Du jour où l'avenir plus riant doit éclore,
Je ne veux point aller, sagittaire emporté,
Exposer follement ma part de liberté.
La nature , les arts ou la philosophie ,
Les mœurs , le ridicule ont pour la poésie ,
Des champs où peut glaner la lyre d'Apollon ,
Et c'est là que je veux asseoir mon Hélicon.

Riche et Pauvre.

———◆———

Riches, heureux du jour, au sein de cette vie
Vous cueillez l'abondance aux bras de la folie;
Installés en naissant sur les hauts échelons ,
L'univers est pour vous dans vos riches salons ;

Exempts de noirs soucis, à l'abri des misères,

Pour vous ne sonnent point de ces heures amères

Où le cœur ulcéré par la faulx de la faim

Le pauvre vit toujours, hélas ! sans lendemain !

Vous ne connaissez pas ce fiel épidémique

Que verse le malheur de sa main rachitique.

Vous ne pouvez non plus comprendre ces tourmens

Qui naissent à toute heure et toujours plus cuisans ;

Aussi vous repoussez bien souvent l'indigence,

Sans mesurer le but de votre indifférence.

Ah ! si vous pouviez voir dans son obscur réduit

Celui que la faim presse et le jour et la nuit ;

Qui ne pouvant nourrir sa famille nombreuse,

De moment en moment guette une chance heureuse ;

Puis, lassé de souffrir et vaincu par le sort,

Cherche un dernier refuge au palais de la mort.

Oh ! sans doute qu'alors à ce tableau funeste,

Votre âme s'émeuvrait d'une pitié céleste.

Alors, vous verseriez de l'or à pleines mains

Pour changer de tels maux, de si cruels destins.

Eh bien, qui vous empêche en vos longs jours de joie,

En ces plaisirs sans fin où votre âme se noie,

De retrancher une heure au profit du malheur,

D'écouter un moment la douce voix du cœur.

Sans cesse contre vous le pauvre se récrie ;

Il compte chaque fleur qui brode votre vie ;

Envieux, puisqu'il souffre, il maudit le destin

Qui pour vous est riant, pour lui seul inhumain.

Pardonnez à sa voix que le malheur ulcère,

Et donnez une obole à sa triste misère.

Aidons-nous ici bas, et que l'humanité

Se rallie au seul cri de générosité.

D'un partage inégal adoucissons la peine :

Riches, dans vos mains sont les hauts bouts de la chaîne.

Le Prisonnier.

La vie est un bonheur, sans doute, quand la vie
Peut couler doucement loin de la sombre envie,
Loin des ennuis cuisans qui viennent assaillir
Au fond de son cachot l'infortuné martyr.

La vie est un bonheur, oui, mais quand l'âme est jeune,
Quand le corps n'a jamais souffert l'horrible jeûne ;
La vie est un bonheur, oui, sans doute, ô mon Dieu !
Mais lorsqu'à tout bonheur un homme a dit adieu,
Qu'entre le monde et lui les lois inexorables
Ont élevé, bâti des murs infranchissables,
Lorsqu'au sein de la nuit un rauque bruit de clés
Résonne dans les os et dans le cœur troublés,
Que chaque pas furtif que l'on entend dans l'ombre,
Peut conduire vers vous un geôlier à l'œil sombre ;
Lorsque le vent qui souffle au sommet des vieux toîts ;
L'oiseau qui chante au bord d'une amoureuse voix ;
L'air qui passe à travers les étroites croisées ;
Lorsque tout, en un mot, dans les fibres usées,
Parle d'air, de bonheur, d'amour, de liberté,
La vie est en prison une fatalité.

L'Aveugle.

Certain aveugle bien connu
Dans chaque rue et dans chaque ruelle,
Conduit par son chien fidèle,
Dans un jardin était venu
Demander aumône nouvelle.
On venait de se réunir

En grande et belle compagnie.
Aussitôt chacun à l'envie
S'empresse de le secourir ;
On plaint sa triste destinée ;
Une large aumône est donnée
Par la douce main du plaisir.
Mais tout-à-coup, ô cruelle malice !
Un jeune enfant audacieux
Coupe la corde protectrice
Qui tient le chien du pauvre vieux ,
Et puis l'enfant fuit alerte et joyeux....
Des assistans mais quelle est la surprise !
Notre aveugle furieux
A toutes jambes court pour punir la sottise
De ce petit malicieux :
En tous sentiers il le pourchasse ,
Dans mille détours il le suit ,
L'atteint enfin et le réduit
Par un soufflet à demander sa grâce ;
Et puis tranquillement ,
Lorsqu'il a corrigé l'enfant ,
Il appelle son chien qui de suite l'aborde;
Et puis il part après avoir noué sa corde.

Le Bosquet.

C'est là sous ce bosquet si sombre
Qu'adolescent je vins un jour,
Et que sous l'abri de cette ombre
Soupira mon premier amour.

C'est là qu'Églé tressa la chaîne
Qui long temps devait nous unir,
Et que de sa suave haleine
J'aspirai son premier soupir.

Oui, c'est là que son œil timide
Cherchait à lire dans mon cœur,
Et que sa parole limpide
Murmurait l'espoir du bonheur.

C'est là que ma charmante amie
Venait dans mes bras caressans,
Et que sur sa bouche jolie
J'imprimais des baisers brûlans.

C'est là que je connus la flamme
De l'amour, de la volupté,
Que mon cœur sur son cœur de femme
Errait dans un monde enchanté.

C'est là que je reviens encore,
Goûter un sentiment nouveau,
Que chaque jour avec l'aurore
Je viens..... pleurer sur un tombeau.

Le Mal d'Amour.

J'étais jadis joyeux, aimable,
Le plus gai de mes compagnons,
J'égayais tout le monde à table
Par des jeux et par des chansons.

Depuis le jour où je l'ai vue
Les jeux n'ont pour moi plus d'attraits ;
Miné d'une flamme inconnue
J'aime le calme des forêts.

Envain je cherche sur ma lyre
A moduler des chants joyeux,
Sous mes doigts elle ne soupire
Qu'un air timide et langoureux.

A ton nom seul, divine Adèle,
Un trouble inconnu me saisit ;
Partout je te revois plus belle,
Partout ton image me suit.

Souvent plus hardi je m'éveille,
Et le bonheur me souriant,
Je vois plus tendre que la veille
La belle dont je suis l'amant.

Au matin Philomèle chante :
C'est ta voix qui trouble mon cœur ;
Si je cueille une fleur naissante,
De ta bouche elle a la fraîcheur.

Si je vais rêver sous un chêne ,
Près de moi tu viens sommeiller ;
Je crois respirer ton haleine
Et je n'ose point t'éveiller.

Partout ton image chérie
Vient troubler ou charmer mes jours ;
Je crains et désire une vie
Que je livre au Dieu des amours.

Si je te vois , mon âme émue
Sent un trouble délicieux ;
J'aime à fixer sur toi ma vue ,
Et cependant je crains tes yeux.

Hélas ! ô ma charmante Adèle ,
Je t'aime , et je suis malheureux !
L'amour m'a frappé de son aîle
Et je suis triste et soucieux.

Quelle que soit la maladie
Qui sans cesse me fait languir ,
J'en peux mourir , ô mon amie ,
Mais je n'en veux jamais guérir.

QUI ME DEMANDAIT DES VERS.

Vous demandez des vers, vous voulez que ma muse
Un peu rude parfois (du moins ou l'en accuse),
Vienne aujourd'hui chanter les grâces, la beauté ;
Vous exigez aussi la seule vérité !

J'y consens, Léontine; à votre voix amie
Je me rends; mais songez que ma muse hardie
Pourra dans ses discours mêler un peu de fiel,
Car je touche la terre en regardant le ciel.

Oui, vous êtes jolie, et pour vous la nature
Prodigue, dépouilla sa plus riche parure;
Vous avez de Vénus les traits et la beauté,
La tête d'une vierge, *hors sa timidité;*
Vos longs cheveux d'ébène et vos yeux pleins de flamme,
Votre bouche rosée, hélas! tout émeut l'âme;
On vous aime, on se plait à suivre les contours
De vos traits réguliers qu'on voudrait voir toujours;
Vous êtes belle enfin, belle comme l'aurore
Lorsqu'aux beaux jours d'été le soleil la décore
De son écharpe d'or; mais on vous l'a trop dit
Et vous le savez trop! Ceci vous interdit,
Mais l'amitié me dicte un langage sévère;
Si je vous aimais moins je serais moins sincère :
Croyez-moi, mais pardon pour ma témérité,
Un peu de modestie ajoute à la beauté.
Vous avez tout pour plaire : eh bien! faites usage

Des biens que vous donna la nature en partage;
Usez-en sagement. Votre esprit est sans fard ,
Il ne fut pas verni par les ruses de l'art;
Franche , vous croyez trop à la franchise humaine ,
Mais le monde pullule et de fiel et de haine ;
Modérez votre foi, si vous ne voulez pas
Que l'envie à pleins bords vienne inonder vos pas.
Ah ! vous ne savez pas combien la médisance
Dans le cercle du monde a conquis de puissance !
Moi , j'aime cet esprit enjoué , vagabond ,
Qui heurte en badinant les règles du bon ton ,
Qui , violant les lois d'un préjugé vulgaire ,
Étale sans calcul son langage sincère.
Je préfére ce genre à ces ruses sans fin
De ces fausses vertus au boudoir clandestin ,
De ces femmes qu'on voit ridicules sans cesse ,
Invoquer leur pudeur au moindre mot qui blesse ,
Et qui bien plus que vous , en ébats scandaleux ,
Offensent la morale en fuyant tous les yeux.
Mais à l'usage, amie, il faut tous nous soumettre :
Le monde est ainsi fait, il prend tout à la lettre ;
Il aime qu'on le trompe ! En sa bizarre humeur
Il aime à voir à faux dans les replis du cœur.

Mais revenons à vous. Je ne saurais trop peindre

Cette franche bonté d'un cœur qui ne sait feindre.

On le voit : tout chez vous part d'un sentiment pur,

C'est la rosée en pleurs que verse un ciel d'azur ;

Parfois vous êtes brusque et même un peu mordante,

Votre humeur quelque fois est sévère, inconstante,

Mais on vous aime ainsi ! Pardonnez si ma voix

A de la flatterie un peu froissé les lois :

Pardon pour l'amitié ! Ce titre seul m'excuse,

Et jamais dans mon cœur je n'infusai la ruse ;

Mais aussi sachez bien qu'aucun être ici-bas

N'est parfait ! Que chacun, où qu'on porte ses pas,

Vous fera d'un défaut entrevoir le mystère ;

Pour un être parfait il est encore à faire ;

Ainsi, consolez-vous ! Telle que je vous vois,

Je vous trouve au-dessus de mille autres cent fois ;

Vous êtes la plus belle encor parmi les belles,

Et l'étoile qu'entoure un essaim d'étincelles ;

Vainement on voudrait disséquer vos défauts,

Dès qu'ils viennent de vous on les trouve encor beaux.

Comment on réussit.

Il est des gens marqués du sceau du ridicule,
Dont le genre est bouffon et dont l'esprit s'accule
Au dos du pédantisme. Arrogans et bouffons,
Ils jettent en défi tout le poids de leurs noms
A l'interlocuteur dont l'audace insensée

Ose de son savoir mesurer leur pensée.

Comment donc, mon ami ! vous avez essayé

De suivre le chemin qu'un sot a défrayé.

Ignorant, il est vrai, Dumont a pour partage

La sottise d'un fat; mais il fit un ouvrage !

Proné par ses amis, ce détestable écrit

Dans la littérature a fondé son crédit.

Lui-même va partout prônant son savoir-faire,

Auprès de tous les sots faire *mousser l'affaire ;*

Enfin c'est un grand homme ! Et vous verrez demain

Par un écrit nouveau se grossir son butin.

Vous rirez de ses vers , vous rirez de sa prose ,

Mais vous rirez envain , car il est *quelque chose !*

Souple, fat, intrigant et sot en même temps ,

Il pourra défier tous les mauvais plaisans :

Il fait bien ! Aujourd'hui que faut-il ? De l'audace !

On peut aux plus hauts rangs aller fixer sa place ,

Lorsqu'on sait exploiter avec dextérité

Les sentiers sinueux de la fatuité.

Le vrai mérite, ami , n'est plus meuble d'usage ,

Et l'on ne saurait plus ouïr la voix du sage.

Ami, consolons-nous ! Laissons passer le vent ,

Un souffle détruira ce souffle permanent.

Vous dites qu'insensible aux douceurs de l'amour,
Vous voulez, ô Julie, affronter sa puissance,
Sans craindre de jamais subir à votre tour
L'inévitable joug que sur nous il dispense !

Vous le dites, Julie , ô ciel ! serait-il vrai

Que la sœur de Vénus , adorable comme elle ,

N'eût qu'une âme de glace ! O ciel, il se pourrait

Que son cœur restât froid au choc de l'étincelle

Qu'excite dans les cœurs ce sentiment divin

Que l'on repousse un jour , qui plaît le lendemain !

Non , le ciel qui vous fit si belle et si parfaite ,

Que pour peindre vos traits il faut plus qu'un poëte ,

Ne peut avoir voulu , dans sa bizarre humeur ,

Vous donnant tous les biens , vous refuser un cœur !

Silence ! croyez-moi ; vous l'apprendrez , Julie ;

Envain vous prétendez vous soustraire à l'amour ;

On ne le peut jamais ! Vous le verrez un jour.

Jamais dans sa moisson il n'épargne une vie.

Et puis, si vous saviez que son pouvoir est doux !

Qu'il embrase le cœur d'une divine flamme !

Qu'il adoucit nos maux, qu'il épure notre âme !

Que lorsqu'on le connaît on l'adore à genoux !

Ah ! ne blasphémez plus , adorable Julie !

Repoussez le bandeau que l'aveugle folie

Dans sa fureur sans frein plaça sur vos beaux yeux ;

Daignez-donc vous asseoir sur le banc des heureux ;

Ou plutôt, malgré vous , vous verrez apparaître

Celui que vainement vous voulez méconnaître ;
Alors les yeux ouverts aux sublimes clartés,
Vous-même invoquerez ses divines bontés ;
Alors vos traits si beaux s'embelliront encore :
Du vrai bonheur alors vous connaîtrez l'aurore.

FIN.

9 782019 282950